AF249724

AU PEUPLE.

PAR M^R A****. J***.

Amour sacré de la Patrie !

Prix : 1 fr.

PARIS,

LEVAVASSEUR, Libraire, Palais-Royal,
Galerie des Proues, N° 51-52;
Et VIMONT, Lib., Galerie Véro-Dodat, N° 1.

1831.

AU PEUPLE.

Ceux qui ne se paient point de phrases sonores et de tirades éloquentes, recherchent en vain dans les écrits politiques de quelques auteurs céléb res ces observations lumineuses, cette raison, ce bon sens exquis, ces aperçus justes, ces idées pratiques, si j'ose m'exprimer ainsi, dont le mérite intrinsèque est bien préférable à tous les ornemens du style, lorsqu'il s'agit surtout du salut de la patrie et des grands intérêts de l'humanité. Ce n'est pas une raison pour l'auteur de l'*Épître aux Chiffonniers* de prendre un ton leste et suffisant envers l'illustre auteur d'*Atala*.

Avant de jeter un coup d'œil sur la France actuelle, reportons-nous vers des époques dont le souvenir s'efface peu-à-peu, s'il ne se perd entièrement, car beaucoup de mes concitoyens sont oublieux du passé; d'ailleurs la marche rapide des évènemens ne permet guère de s'arrêter long-temps sur un objet.

La trahison, une inconcevable impéritie avaient arraché la victoire des mains de Napoléon : le

1*

champ de bataille de Waterloo était jonché des cadavres de nos preux, tous morts en héros, tous morts pour défendre l'indépendance nationale.

L'Empereur arrive à Paris, pour faire part à la Chambre des Représentans, de ce grand désastre, pour y rallier, y réorganiser les débris de notre glorieuse armée ; mais à peine arrivé, cette Chambre se déclare en permanence : *Toute tentative pour la dissoudre est un crime de haute-trahison ; quiconque se rendrait coupable d'une pareille tentative sera déclaré traître à la patrie ;* résolution fatale et qui perdit la France : il fallait donc pour la justifier qu'un homme d'un génie égal à celui de Napoléon, ou qu'une Assemblée délibérante animée des mâles sentimens du Sénat Romain après la bataille de Cannes, prît en main les rênes de l'Etat et défendît pied-à-pied l'indépendance nationale ; c'est ce qui n'eut pas lieu.

Il ne s'agit pas de moi, disait l'Empereur à l'illustre Benjamin Constant, il s'agit de la France : on veut que j'abdique ; c'est autour de moi, autour de mon nom que se groupe l'armée ; si j'abdique aujourd'hui, vous n'aurez plus d'armée dans deux jours. Me repousser quand je débarquai à Cannes, je l'aurais conçu ; si l'on m'eût renversé il y a quinze jours, c'eût été du courage ; mais je fais partie actuellement de ce que l'Étranger attaque ; ce n'est pas la liberté qui me dépose, c'est Waterloo, c'est la peur. Comme il parlait, une foule tumultueuse affluait dans l'avenue de Marigni et criait :

Vive l'Empereur! Que me doivent ceux-ci? reprit-il. Je les ai trouvés, je les ai laissés pauvres; l'instinct de la nécessité les éclaire, la voix du pays parle par leur bouche; si je le veux, si je le permets, la Chambre rebelle n'existera plus; mais la vie d'un homme ne vaut pas ce prix; je ne suis pas revenu de l'île d'Elbe pour que Paris fût inondé de sang; et ces nobles paroles ne furent point entendues! et la Chambre fut sourde à la voix du grand homme! et elle laissa les Etrangers dicter d'insolentes lois à notre belle patrie!...

L'Empereur trompé dans ses espérances, l'ame brisée, anéantie, adressa la déclaration suivante au Peuple Français :

En commençant la guerre pour soutenir l'indépendance du Peuple, je comptais sur la réunion de tous les efforts, de toutes les volontés et le concours de toutes les autorités nationales; j'étais fondé à en espérer le succès, et j'avais bravé toutes les déclarations des Puissances contre moi. Les circonstances me paraissent changées : je m'offre en sacrifice à la haine des ennemis de la France... Unissez-vous tous pour le salut public et pour rester une Nation indépendante.

Voici la réponse de l'Empereur à la députation de la Chambre : Je désire que mon abdication puisse faire le bonheur de la France, mais je ne l'espère point : le temps perdu à renverser la monarchie aurait pu être employé à mettre la France en état d'écraser l'ennemi. Je recommande à la

Chambre de renforcer promptement les armées.
Qui veut la paix doit se préparer à la guerre; ne
mettez pas cette grande Nation à la merci des
Etrangers....

Les prévisions de l'Empereur étaient justes;
elles n'ont été que trop justifiées par les évènemens;
nous avons ressenti dans toute son étendue le terrible *Vœ victis* !

Avant de retracer les faits qui vont se dérouler
avec une effrayante rapidité, je ne puis résister au
plaisir de citer les adieux de Napoléon à ses soldats; ils serviront à faire mieux apprécier ce grand
homme, à donner la mesure de ses sentimens, de
la force admirable de son âme, de son amour de
l'indépendance et de la dignité du pays.

Soldats,

. . . . Vous et moi nous avons été calomniés;
des hommes indignes d'apprécier vos travaux ont
vu dans les marques d'attachement que vous m'a-
vez données, un zèle dont j'étais, disent-ils, l'unique
objet; que vos succès futurs leur apprennent que
c'était la Patrie pardessus tout que vous serviez en
m'obéissant, et que, si j'ai quelque part à votre af-
fection, je le dois à mon ardent amour pour la
France, notre mère commune; sauvez l'honneur,
l'indépendance des Français.

Le colosse abattu, Louis XVIII rentre, et avec lui
toutes les calamités, toutes les fureurs : l'aristocratie, le sacerdoce ont soif de réactions; Labé-

doyère, Ney, Chartran, les frères Faucher de la Réole, Mouton Gouvernet sont immolés à la haine de ces misérables, à la vengeance lâche et cruelle des Wellington et des Blücher : l'infortuné général Bonnaire, ce soldat mutilé, est dégradé sur la place Vendôme ; Cambronne, Drouot, sont traînés devant des juges ; on en veut à toutes nos illustrations, on veut effacer les derniers vestiges de notre gloire militaire et civique.

Louis XVIII, ce nouveau Tibère, se baigne dans le sang des Français ; il affecte une fausse générosité, une feinte modération ; et tandis qu'il proteste de son respect pour la Charte, il foule hypocritement aux pieds ce *pacte octroyé*.

Les assassinats commencent à Lyon, à Nîmes, à Grenoble. Lyon, cette cité naguère florissante, Lyon, ce foyer du patriotisme, où régnaient les arts et l'industrie, n'offre plus qu'un aspect morne et sombre : la terreur est dans ses murs ; des têtes innocentes tombent sous la hache du bourreau ; la guillotine est promenée dans les campagnes. A Nîmes les hommes monarchiques organisent les massacres ; l'affreux Trestaillon y sème l'effroi. Les meurtres juridiques se succèdent à Grenoble ; de pauvres paysans, des cultivateurs trompés, égarés, marchent au supplice, arrosent le pavé de leur sang : un général demande des ordres au Ministre qui répond par cette fatale dépêche télégraphique : *Tuez tout.*

Brune est égorgé, mis en lambeaux ; ses restes, couverts de boue, sont jetés dans la Durance.

Le général Ramel périt d'une manière tragique, avec les raffinemens de la plus atroce barbarie. Voy. *Biographie des Contemporains.*

Là, ne s'arrête point la rage de Louis XVIII, de ses Ministres, de ses Conseillers, de sa Cour abominable : il faut des conspirations pour affermir le pouvoir, pour se débarrasser des hommes de cœur et de talent : un Brunet parcourt les villages ; ce monstre revêtu des insignes de l'honneur, en séduit plus aisément et les hommes simples, et les âmes généreuses enthousiastes de liberté, regrettant la gloire de leur pays. On lance des agents provocateurs ; on tend des embûches à des malheureux ; le magnanime Vallée est victime à Marseille ; Pleignier, Tolleron, Carbonneau marchent au supplice ; leurs têtes et leurs poings coupés roulent sur la place de Grève. Cet épouvantable et hideux spectacle glace d'horreur tous les citoyens.

Parlerai-je de Borie, de Raoul, de Pommier, de Goubin, de ces jeunes gens charmans, pleins de courage, l'espoir de leurs familles, et qui promettaient de devenir des hommes d'un mérite rare ? Rappellerai-je l'exécrable guet-à-pens de l'Alsace, que le sublime général Foy appelait la bassesse des bassesses ? Dirai-je les souffrances, l'héroïsme et la fin cruelle de l'infortuné Berton ?

Si les auteurs de tant de froides atrocités ressaisissaient le pouvoir, ce serait le signal d'une commotion terrible. Les monstres ! qu'ils cachent leur front dans la poussière ; qu'ils ne souillent plus de leur présence et le sanctuaire de Thémis et le temple auguste où se discutent nos lois; qu'ils cessent de prononcer de leur bouche impure les mots sacrés de patrie, de liberté; qu'ils cessent d'invoquer la pitié céleste et l'humanité sainte qu'ils ont tant de fois outragées. Chose inconcevable! les bourreaux existent chargés de dignités, étalant une orgueilleuse opulence; et les mânes des victimes attendent une réparation trop légitime! des monumens expiatoires, des colonnes sépulcrales ne s'élèvent point où périrent les Ney, les Labédoyère, les Berton, les Vallée, les Bories, etc.

> On a vu dans le deuil, de tous abandonnée,
> Sur l'urne de Berton la Patrie inclinée.

Voilà ce qui s'est passé dans un court espace de temps; j'en ai présenté le tableau en raccourci, et c'est en présence de tels faits que l'on vient invoquer l'humanité, la pitié en faveur d'une famille qui s'est constamment baignée dans le sang des Français! On lui consacre à cette dynastie infâme, ennemie de nos droits, acharnée à notre perte, complice de l'Étranger, on lui consacre des phrases adulatrices! on verse des larmes sur son sort! on voudrait la ramener dans nos murs! Ah! du moins ceux qui lui paient un sacrilège tribut d'éloges, ont-ils quelques pleurs pour les victimes? Mais non: c'est un sang trop vil pour être regretté. Ces martyrs de Juillet, ces héros de la liberté, ces veuves, ces orphelins, on les oublie, on ne daigne point parler d'eux, on ne daigne point les plaindre; ce n'est

que des rois tombés du haut du trône par le crime
et l'assassinat que l'on trouve dignes de commiséra-
tion et d'intérêt !

Qu'importe qu'au hasard un sang vil soit versé ?

inconcevable aberration d'esprit, funeste effet des
passions politiques et de l'exaltation d'une ame
ardente.

Charles X et ses descendans ne peuvent plus ré-
gner sur nous ; le duc de Bordeaux est innocent sans
doute ; mais il ne pourrait monter sur le trône qu'à
l'aide des puissances étrangères ; il reviendrait avec
les siens altérés de vengeances ; bientôt il retombe-
rait dans les mains des Tharin, des Rohan, des Jésui-
tes qui dresseraient des tables de proscription, qui
couvriraient la France d'échafauds : et puis, est-ce
donc qu'un peuple appartient à une famille ? est-il
sa propriété incommutable ?

Si le retour de la branche aînée des Bourbons ne
peut que nous rendre l'ennemi, que faire fondre sur
nous d'épouvantables calamités, est-il d'un bon ci-
toyen, d'un homme sage de nous proposer Henri V,
de le présenter comme l'héritier légitime de la
couronne, comme le seul prince capable d'assurer
notre bonheur, et tous les prestiges de l'éloquence
peuvent-ils déguiser le manque de jugement et de
patriotisme des coryphées de ce parti ?

O mes concitoyens ! ralliez-vous tous autour du
drapeau national ; n'envisagez que la patrie ; que
votre attitude ferme et digne impose à l'étranger;
s'il osait méditer votre asservissement, rappelez-vous

les victoires de la République et la gloire immor-
telle du Consulat et de l'Empire ; qu'alors les
Hymnes patriotiques retentissent de nouveau, que
tous soient soldats, et volent à la défense du pays
pour repousser les phalanges des despotes.

Une nation de 32 millions d'hommes est bien redoutable quand elle manifeste énergiquement la
résolution de soutenir son indépendance, de résister
par tous les moyens possibles à une agression in-
juste, de s'ensevelir plutôt sous les débris de la patrie que de subir des lois honteuses, que de se pla-
cer sous les fourches caudines. Écoutez Paul Louis
Courier, ce vrai patriote, cet homme vertueux que
sa fin cruelle rend plus intéressant et plus respec-
table encore :

« ... Or ces gens-là et leurs enfans qui sont grandis
depuis Waterloo, au premier pas que vous ferez sur
leurs terres, vous montreront qu'ils se souviennent
de leur ancien métier; car il n'est alliance qui tienne,
et si vous venez les piller au nom de la très-sainte
et très indivisible Trinité, eux au nom de leurs familles, de leurs champs, de leurs troupeaux, vous
tireront des coups de fusil; ne comptant plus pour
les défendre sur le génie de l'Empereur, ils pren-
dront le parti de se défendre eux-mêmes, fâcheuse
résolution, comme vous savez bien, qui déroute
la tactique, et suffit pour déconcerter les plans
d'attaque et de défense le plus savamment combi-
nés. Lorsque vous marcherez en Lorraine, en Alsace, n'approchez pas des haies; évitez les fos-

sés, n'allez pas le long des vignes; tenez-vous loin des bois, gardez-vous des buissons, des arbres, des taillis et méfiez-vous des herbes hautes; ne passez point trop près des fermes, des hameaux, car les haies, les fossés, les arbres, les buissons feront feu sur vous de tous côtés. Apportez de quoi vivre; amenez des moutons, des vaches, des cochons, et puis n'oubliez pas de bien les escorter ainsi que vos fourgons; pain, viande, fourrage et le reste; ayez provision de tout, car vous ne trouverez rien où vous passerez. Ne perdez point courage, si vous reculez, s'il vous fallait retourner sans avoir fait la paix ni stipulé d'indemnités, alors, alors, peu d'entre vous iraient conter à leurs enfans ce que c'est que la France en tirailleurs.

« Apprenez, dit le Prophète, apprenez, grands de la terre, c'est-à-dire, messieurs des congrès; renoncez aux vieilles sottises; instruisez-vous, arbitres du monde, c'est-à-dire, excellences, regardez ce qui se passe et faites-vous sages s'il se peut; vos amis ont beau dire et faire, nous ne sommes pas disposés à nous gouverner par vos ordres; et ni eux, avec leurs sept hommes par département, ni vous avec vos sept cent mille, ne nous faites pas la moindre peur. »

J'ajouterai aux réflexions de Paul Louis Courier, qu'une nation doit toujours rester en haleine, toujours surveiller les mouvemens de son ennemi (de l'intérieur et de l'extérieur), toujours craindre, toujours se défier. La servitude, a dit Montesquieu, commence par le sommeil.

Tout est dans ce mot, vouloir ; et pour conserver cette chère indépendance, il faut des sacrifices, de l'union, du dévouement.

Non, la France de Juillet 1830 ne se manquera pas à elle-même ; elle a sous les yeux le malheur de la Pologne : ce peuple héroïque serait sorti vainqueur de la lutte la plus inégale, sans la trahison, sans de sourdes menées, de lâches intrigues et la mollesse de quelques chefs.

J'avoue que le Peuple serait plus disposé à se lever en masse contre les armées étrangères, si des garanties mille fois promises lui avaient été accordées, s'il n'était point en quelque sorte déshérité de ses droits politiques. En effet, examinons les conditions de l'éligibilité ; n'écartent-elles pas de la Chambre une foule d'hommes à talens, de caractères purs, d'ames fortes et sublimes ; il est pénible de penser que si les Montesquieu, les J. J. Rousseau, les Bernardin de St. Pierre pouvaient renaître, ils ne feraient pas partie de la Chambre : toujours des prérogatives, toujours l'aristocratie de la richesse : et cependant qui vole le premier à la défense de l'Etat ? qui le soutient par d'utiles travaux ? qui fait fleurir l'industrie ? C'est le peuple : non, ces hommes gorgés d'or, avides d'honneurs, n'en ayant jamais assez, égoïstes, rhéteurs, vils sophistes, séduisant les faibles, les peureux et les imbécilles par des argumens captieux, mais ces simples ouvriers, nés avec un jugément sain, cultivant leur esprit dans le silence, acquérant des connaissances solides; ces artistes distingués, ces hommes de lettres pleins d'enthousiasme pour leur science, idolâtres de la vertu, de la vraie liberté, dont l'âme sensible et généreuse s'ouvre à toutes les plaintes, a de la sympathie pour tous les malheurs, voue une sorte de culte à tout ce qu'il y a de grand et de noble sur la terre. Ceux-là n'auraient pas dit : *la Pologne est condamnée à périr*; ceux-là ont des larmes pour les opprimés et des bras prêts à les défendre ou bien à les venger.

Croit-on que de pareils hommes ne siégeraient pas avec honneur sur la chaise curule, qu'il ne se trouverait pas parmi eux des Manuel, des Foy, des Benjamin Constant ?

Et la jeunesse française, n'est-elle pas un foyer de patriotisme et de lumières, n'est-elle pas animée des plus nobles sentimens? Si elle éprouve de l'irritation, si elle la démontre avec persévérance, n'est-ce pas que, naturellement franche, incapable de bassesse, elle ne saurait souffrir l'hypocrisie; qu'elle ne peut concevoir ces palinodies méprisables, ces lâches apostasies politiques qui provoquent l'indignation et le dégoût ?

On allègue contre l'admission de citoyens pauvres qu'ils seraient plus susceptibles de se vendre ? Mais où voit-on le plus de défections honteuses ; qui recherche le plus les places et a plus soif de l'or sinon ceux qui en sont déjà repus, que ces misérables phraseurs déjà possesseurs d'emplois largement rétribués ou d'une fortune indépendante? D'ailleurs que l'on nous donne des institutions qui réforment nos mœurs, que l'on nous traite comme une nation virile, que la vertu soit en honneur, que le vrai mérite soit récompensé, que l'homme qui trahit la foi jurée, qui foule aux pieds ses sermens, qui renie ses professions de foi politiques, que celui-là soit flétri par l'opinion, qu'il soit traîné à ce tribunal redoutable dont les arrêts sont toujours justes.

Un autre moyen, c'est de donner au chef de l'état moins de moyens de corruption. L'exemple des États-Unis est sous nos regards, un monarque trop riche est redoutable pour la liberté.

Je terminerai cet écrit par l'effrayant tableau que trace Jean-Jacques de la corruption du corps politique et de la marche progressive et envahissante du despotisme : Le despotisme élevant par degrés sa tête hideuse, et dévorant tout ce qu'il aurait aperçu de bon et de sain dans toutes les parties de l'état, parviendrait enfin à fouler aux pieds les lois et le peuple; à la fin tout serait englouti par le monstre, et la plus aveugle obéissance serait la seule vertu qui resterait aux esclaves.

FIN.

EBERHART, Imprimeur, Rue du Foin Saint-Jacques, N° 1.